Je lis, j'enquête

P'TIT SHERLOCK

LE SECRET DU COFFRET

Texte : Pascal Prévot
Illustrations : Art Grootfontein

Larousse Jeunesse

P'TIT SHERLOCK et sa bande

P'tit Sherlock

P'tit Sherlock a 7 ans. Les énigmes, il est tombé dedans quand il était petit ! Son papa, le grand Sherlock Holmes, l'a initié dès son plus jeune âge. Et comme tout bon détective, il ne sort jamais sans sa loupe !

Voyou, le fidèle compagnon de P'tit Sherlock a un flair redoutable !

Voyou

Doc Watson, c'est le meilleur ami de P'tit Sherlock. Il est toujours en contact avec son copain grâce à ses supers talkie-walkies.

Les jumelles **Emel et Amel** sont toujours partantes pour de nouvelles aventures, avec leurs jumelles, bien sûr...

Le papa de Gus est policier. **Gus Lestrade** adore les enquêtes mais il est parfois un peu à côté de la plaque...
Il a peur du noir et il ne quitte jamais sa lampe de poche.

1 Sous le pommier

À la récréation de 10 heures, Emel, Amel et Gus jouent au foot sous les branches du pommier.

P'tit Sherlock est de la partie lui aussi, mais il vient de s'immobiliser. Son copain Doc a disparu !

Depuis qu'Helga et Hortense, deux grandes CM2, les embêtent, P'tit Sherlock n'aime pas savoir son copain seul dans la cour de l'école...

P'tit Sherlock regarde tout autour de lui... Pas difficile d'apercevoir Helga. C'est la plus grande des CM2. Sa tignasse de cheveux noirs gigote au-dessus d'un groupe de filles qui discute plus loin, sous le préau.

Quant à Hortense, c'est aussi facile de la repérer : il suffit d'attendre que le soleil étincelle sur son appareil dentaire quand elle ouvrira la bouche pour se moquer de quelqu'un.

Voilà ! Sherlock les a vues. Elles trafiquent quelque chose là-bas, près du parking à trottinettes… Tandis que Doc revient tranquillement des toilettes.

– Ouf ! Il va bien, songe P'tit Sherlock.

Soudain, un cri le sort de ses pensées !

– Aïe ! hurle Gus, affalé par terre, sous le pommier.

– On m'a fait un croche-patte ! Encore un coup d'Helga et Hortense ! crie-t-il.

– Non, c'est impossible, affirme P'tit Sherlock qui observe la scène.

ÉNIGME N° 1

Sais-tu pourquoi P’tit Sherlock est-il si sûr de lui ?

– Je viens de les voir à l'instant : Helga et Hortense sont à l'autre bout de la cour, explique P'tit Sherlock. Elles n'ont rien pu faire...

– Pour une fois ! commente Amel.

– Regarde ce qui t'a fait tomber, Gus, dit Sherlock, accroupi près d'une racine. Tu as trébuché sur ce truc qui dépasse du sol.

2 Un trésor à l'école ?

Emel et Amel s'empressent alors de déterrer le mystérieux objet.

– C'est un petit coffre ! s'exclament-elles, les mains encore pleines de terre.

– C'est peut-être le trésor d'un vieux pirate ? s'enthousiasme Gus.

Amel essaie d'ouvrir le coffret. Mais c'est impossible ! Il est fermé par un solide cadenas. P'tit Sherlock braque alors sa loupe sur le cadenas.

– C'est un cadenas à combinaison, annonce-t-il. Il faut trouver les quatre chiffres dans l'ordre pour l'ouvrir.

– J'ai déjà vu ce genre de coffret, se rappelle alors Amel. Le jour où j'ai aidé la maîtresse à ranger des livres dans l'armoire de la classe. Il y en avait plein d'autres sur une étagère !

– Mon papa, qui est policier, irait interroger la maîtresse, propose Gus.

– Mon papa à moi, qui est détective, irait tout de suite inspecter l'intérieur de l'armoire, tranche P'tit Sherlock.

Aussitôt dit, aussitôt fait. La petite bande retourne discrètement dans la classe avant la fin de la récréation et ouvre l'armoire. Elle est remplie de coffrets !

– Ils vont deux par deux, remarque Emel.

– Et aucun n'a de cadenas ! ajoute Amel.

– Peut-être qu'un coffret fait la paire avec le nôtre ? suppose P'tit Sherlock.

ÉNIGME N°2

Observe l'étagère. Vois-tu quel coffret n'est pas en double ?

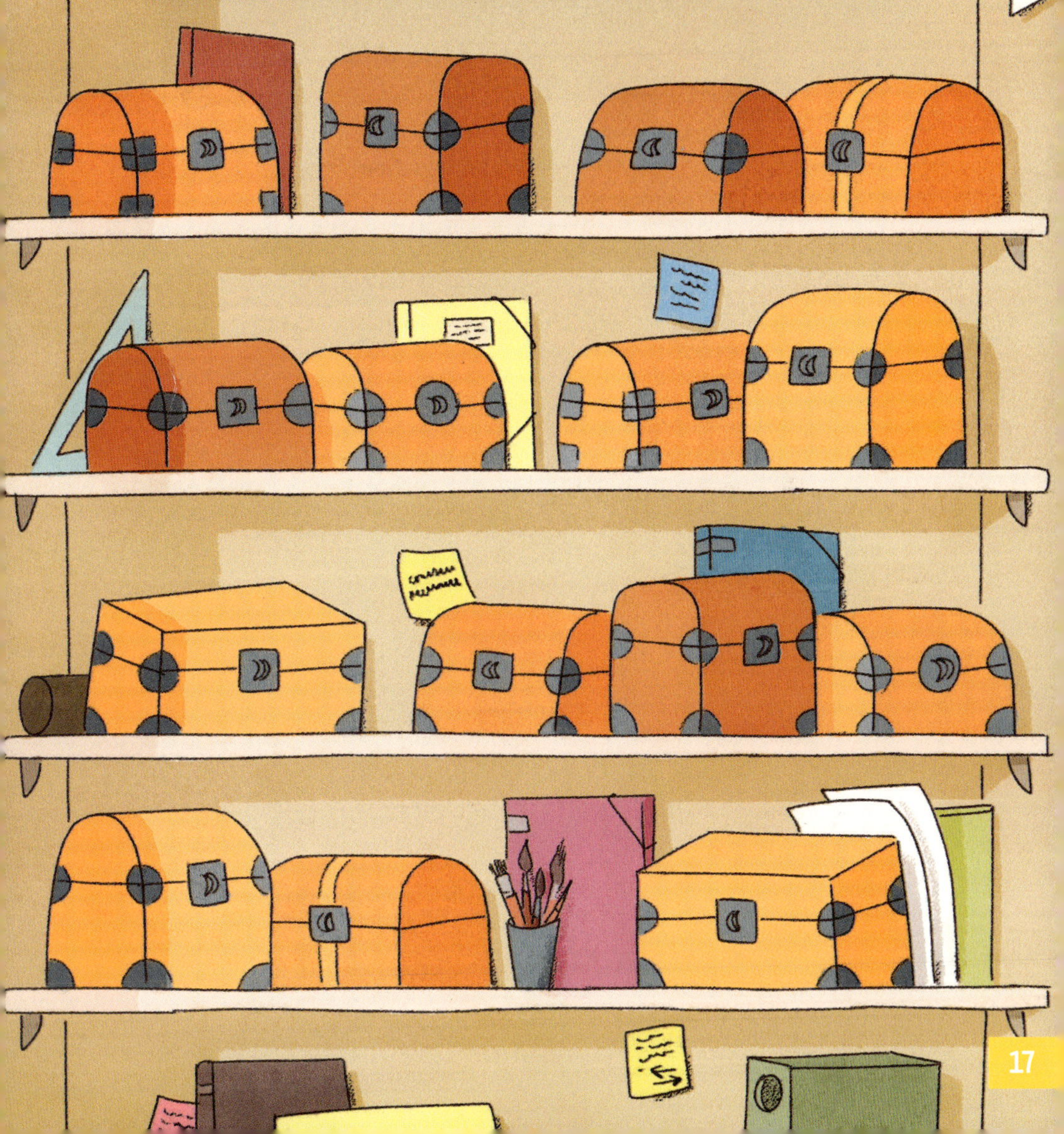

– Là ! Sur la deuxième étagère en partant du bas ! Regardez : le deuxième en partant de la gauche ! s'écrie Amel.

Doc Watson attrape le coffret. Gus, qui ne se sépare jamais de sa lampe de poche, la braque à l'intérieur. Il est vide. Aucun indice ne s'y trouve. Quelle déception !

3 Chahut dans les couloirs

Le lendemain matin, en voyant arriver P'tit Sherlock et Doc Watson, Emel et Amel devinent tout de suite que quelque chose ne va pas.

– Helga s'est encore moquée de mes lunettes ! tempête Doc.

– Alors évidemment, Hortense a dit que mon chapeau était ridicule, grogne P'tit Sherlock.

« Elles n'y connaissent rien », déclarent les jumelles d'une seule voix.

– Tes lunettes te vont très bien, Doc, affirme Amel.

– Et toi, P'tit Sherlock, ton chapeau te donne l'air d'un grand détective, ajoute Emel.

Pour terminer de consoler les deux garçons, Amel pose les lunettes de Doc sur son nez et Emel le chapeau de P'tit Sherlock sur sa tête.

Ils se mettent alors à rire tous les quatre, à se bousculer et à se courir après dans le couloir, laissent tomber leurs cartables, puis les reprennent avant de rentrer en classe...

Quand P'tit Sherlock s'assied devant son bureau et veut vérifier que le coffret n'est pas tombé, dans la joyeuse bousculade, il s'aperçoit qu'il n'a pas repris son sac ! Les cartables ont été échangés sans faire exprès !

– Mon cartable est le seul à avoir une poignée jaune, pense P'tit Sherlock. Voyons : où est-il ?

ÉNIGME N°3

Aide P'tit Sherlock à retrouver son cartable.

Emel n'a pas le temps de s'étonner que la poignée rouge de son sac soit devenue jaune. P'tit Sherlock lui explique tout. Puisque les deux enfants sont assis côte à côte, ils n'ont aucun mal à reprendre chacun leur sac. P'tit Sherlock en sort le coffret en même temps que sa trousse. Ouf ! Il ne l'a pas perdu !

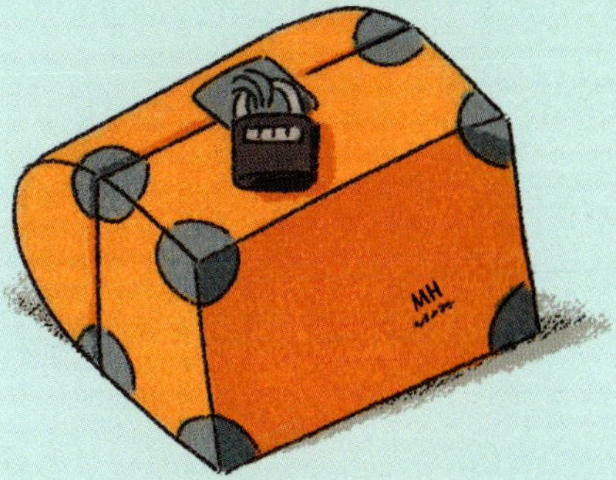

4 Dans les couloirs

Dès les premières minutes de la récréation, sous le pommier, les enfants se passent le coffret de main en main.

– Tiens ? s'étonne P'tit Sherlock en le retournant. Il y a une inscription sur le fond. On ne l'avait pas vue hier.

Un petit coup de loupe et tout le monde peut lire une date et deux lettres : « MH. »

– Sûrement deux initiales, pour le prénom et le nom, déduit P'tit Sherlock. Gravées au compas. Et il y a une date ! C'était il y a sept ans.

– Pffiou... C'est drôlement vieux pour un trésor, murmure Gus.

– Autant que nous, s'émerveille Emel.

Doc a une idée :

– Et si on consultait les photos de classe d'il y a sept ans ? On découvrirait peut-être un indice.

– Par ma première loupe ! Quelle bonne idée ! rétorque P'tit Sherlock.

Les photos de classe sont affichées dans le vieux couloir dédié à la mémoire de l'école : anciennes coupes de foot, photos d'anciens élèves devenus célèbres et toutes les photos de classe depuis la création de l'école !

– Mais où se trouve ce fameux couloir ? s'interroge Amel.

Doc propose de partir à sa recherche. Après de longues minutes, il revient, essoufflé d'avoir parcouru les trois étages en long, en large et en travers.

– J'ai trouvé. Pff... Pff... J'ai trouvé le couloir avec les photos ! Pff... Pff... Il faut monter l'escalier... Pff... Et il y a encore un étage au-dessus ! Pff...

– Vous comprenez ce qu'il dit ? demande Amel.

ÉNIGME N°4

Relis bien les indications de Doc et trouve l'étage du vieux couloir.

– Réfléchissons, dit P'tit Sherlock. Puisqu'il faut monter l'escalier, ce n'est pas le rez-de-chaussée

– Il reste un étage au-dessus, donc ce n'est pas le premier ! Doc aurait parlé de deux étages, poursuit Amel.

– Ni le troisième, puisque c'est le dernier ! C'est donc forcément le deuxième étage ! conclut Emel.

– Pff... Voilà... halète Doc. C'est bien ce que j'avais dit !

5 Troublante ressemblance !

Après avoir déambulé dans les couloirs du deuxième étage, les enfants repèrent rapidement les photos de classe, vieilles de sept ans.

– Oh ! s'exclame Emel. Sur celle-ci, il y a quelqu'un qui te ressemble, P'tit Sherlock !

– Ah bon ? Où ça ? demande Doc, qui ne voit pas de qui Emel veut parler.

ÉNIGME N°5

Repère les 3 indices que vont te donner les jumelles et élimine les personnages au fur et à mesure. À la fin, il n'en restera qu'un !

– Là, regarde ! Avec les cheveux noirs !

– Mais ils ont presque tous les cheveux noirs ! proteste Doc.

– C'est vrai ! Mais il a des lunettes, précise Emel.

– Ben… il en reste encore plein, bafouille Gus.

Amel prend alors la parole :

– C'est vous qui devriez porter des lunettes, les garçons ! Ce n'est pas compliqué, pourtant. Il est habillé d'une chemise à carreaux.

– Mycroft ! s'écrie P'tit Sherlock. C'est mon frère, Mycroft. Il a sept ans de plus que moi.

– Pas étonnant que vous vous ressembliez, alors… grommelle Gus. On n'apprend rien de bien intéressant.

– Mais si ! se réjouit Emel. Tu oublies les initiales gravées sur le fond de la boîte ! « MH » pour « Mycroft Holmes ». C'est ton frère qui a posé le cadenas sur le coffret, P'tit Sherlock !

6 Le secret de Mycroft

Mycroft est parti en voyage scolaire avec sa classe. P'tit Sherlock a le champ libre pour explorer sa chambre discrètement. Qui sait si Mycroft n'a pas laissé un indice à propos du coffret ?

Le frère de P'tit Sherlock est très ordonné. Tout est rangé à sa place.

P'tit Sherlock s'assied devant le bureau de Mycroft et réfléchit. À la place de Mycroft, où cacherait-il le code du cadenas ? Dans un endroit très secret ou, au contraire, dans un endroit très visible où l'on ne penserait pas à le chercher ?

Voyou a suivi P'tit Sherlock. Il furète dans tous les coins, en remuant la queue. Il renifle la bibliothèque, pleine de livres impeccablement classés, et éternue. P'tit Sherlock se lève et scrute mieux la bibliothèque.

ÉNIGME N°6

Observe les livres et cherche ceux qui sont mal rangés.

Son visage s'illumine d'un sourire. Il appelle immédiatement Doc Watson avec son talkie-walkie.

– Doc ! J'ai découvert le code à quatre chiffres ! C'est 4213 ! Mycroft a inversé l'ordre des quatre tomes de *L'Île au trésor* pour être sûr de ne pas l'oublier. J'ai compris à quoi sert le coffret et nous allons même pouvoir empêcher Helga et Hortense de nous embêter !

7 Une vengeance bien méritée !

– Vous les voyez ? demande P'tit Sherlock.

La petite bande est plantée au milieu de la cour de l'école.

– Là-bas ! s'écrie Amel, ses jumelles pointées vers le parking à trottinettes.

– Je viens de voir briller l'appareil dentaire d'Hortense !

– Et juste à côté, Helga est accroupie, complète Emel.

– C'est le bon moment. Allons-y, décide P'tit Sherlock.

– Euh… Vous êtes sûrs ? bredouille Gus. Quand même, elles ne sont pas très gentilles…

– Ne t'inquiète pas ! J'ai un plan !

Juste avant de s'arrêter sous le nez d'Hortense, P'tit Sherlock compose discrètement le code secret du coffret.

– Tiens ! Voilà l'autre débile avec son chapeau de petit vieux ! ricane-t-elle.

– Et l'autre serpent-à-lunettes, enchaîne Helga en riant. Pourquoi vous venez nous voir ? Vous trouvez qu'on ne se moque pas assez de vous ?

– Si, justement, répond tranquillement P'tit Sherlock en ouvrant le coffre et en soufflant dedans.

ÉNIGME N°7

Remets les mots dans l'ordre et tu comprendras ce qui se cachait à l'intérieur du coffret.

Un nuage de petits grains noirs s'en échappe. Helga et Hortense ne s'arrêtent plus d'éternuer. Leurs yeux pleurent. Elles finissent par se sauver en courant !

– Victoire ! crient les copains.

P'tit Sherlock explique alors :

– Mycroft avait lui aussi des problèmes avec des grands. Il avait prévu de se défendre avec une super poudre pour faire fuir les méchants !

... Mais au fait de quoi est composée cette poudre incroyable ?

ÉNIGME N°8

Pour le savoir, observe bien l'illustration. Retrouve dans l'ordre Voyou, Doc, Gus, Emel, P'tit Sherlock et Amel. Chaque enfant est tout près d'une lettre. Les six lettres forment le mot que tu cherches !

WC
W
TROT
PA
P

Tu as trouvé ?
C'est le mot POIVRE.

Direction de la publication : Sophie Chanourdie
Responsable d'édition : Laurence Lesbre
Création graphique et mise en pages : Astrid Payet
Fabrication : Rébecca Dubois

Les éditions Larousse remercient tous les P'tits Sherlocks pour leur relecture attentive des enquêtes : Ambre (7 ans), Gabriel (7 ans), Élise (7 ans), Émilien (8 ans), Salomé (9 ans), Augustine (9 ans) et Aprile (9 ans).

21, rue du Montparnasse
75006 Paris
ISBN : 978-2-03-597626-0
Imprimé en Espagne
Dépôt légal : septembre 2021
328619-02 / 11049989 – mars 2022